家装详解 参考大全

2000 例

◎本书编委会/编著

背景墙

中国轻工业出版社

图书在版编目（CIP）数据

家装详解参考大全2000例．背景墙／《家装详解参考大全2000例》编委会编著．—北京：中国轻工业出版社，2012.2

ISBN 978-7-5019-8535-7

Ⅰ.①家…　Ⅱ.①家…　Ⅲ.①住宅－装饰墙－室内装修－建筑材料－图集　Ⅳ.①TU767-64

中国版本图书馆CIP数据核字（2011）第233272号

责任编辑：安雅宁　　责任终审：张乃柬　　封面设计：许海峰
策划编辑：安雅宁　　责任监印：马金路　　版式设计：许海峰

出版发行：中国轻工业出版社（北京东长安街6号，邮编：100740）

印　　刷：北京昊天国彩印刷有限公司

经　　销：各地新华书店

版　　次：2012年2月第1版第1次印刷

开　　本：889×1194　　1/16　　印张：6

字　　数：130千字

书　　号：ISBN 978-7-5019-8535-7

定　　价：28.00元

邮购电话：010-65241695　　传真：65128352

发行电话：010-85119835　　85119793　　传真：85113293

网　　址：http://www.chlip.com.cn

Email：club@chlip.com.cn

如发现图书残缺请直接与我社邮购联系调换

110614S5X101ZBW

编辑推荐语

在家居装修中，家装材料是实现家居使用功能和装饰效果的必要条件，是整个装修过程中的核心要素。同时，家装材料也是装修预算中最大部分的支出。材料选择的正确与否直接关系到装修的最终效果与费用开支。对于大多数人来说，用什么材料表现什么样的效果，何种材料适合用在哪个功能空间等这些实际问题都没有一个基本的认识，只能盲目追求潮流或听从设计师的摆布。

鉴于此，我社先后出版了《家居材料注释细节1000例》以及《新家居材料注释细节1000例》系列图书，各分5本，每套书中涵盖了1000多个装修案例，在细节上做了细致的讲解，在文字上也做了详尽的补充说明，因此得到了很好的市场反响，在全国家居类图书中名列前茅，深受广大装修业主以及设计师的喜爱。

在这两套畅销书的基础上，我们再次进行了深入的市场调研，结合大众的实际需求，隆重推出本套《家装详解参考大全2000例》系列图书。本套图书仍以家庭装修中的材料为出发点，收集了2000多例经典家居图片，涵盖家居的各个功能空间，涉及了各种材质，包括地板、地砖、墙砖、橱柜、洁具等主材；水泥、沙石等多种辅料；以及灯具、布艺等后期装饰材料，并对大家通常关注的材料材质进行了详细的注释。

书中不仅提供了各种材料的特性简介、选购窍门、省钱妙招等实用知识，而且对如何打造绿色、健康、旺家的家居环境给出了诸多温馨的小贴士。如果您在装修的过程中遇到材质辨别、材料选购、健康宜忌以及旺家风水等问题，都可以在此书中找到答案。

家庭装修对于每个家庭来说，都是营造美好生活的一件大事，只有掌握基本常识、了解其中的规律，才能使装修过程少留遗憾。因此，在装修时如果能够恰当地运用各种材料，可以把家居空间装修得更加高档，让房间的功能、空间及艺术性得到充分的体现。

我们每一套图书的问世都是经过充分的调研和分析的，希望读者看到的是知识细化而又全面、信息量丰富而又物美价廉的家居图书。我们也会吸纳以往图书的精髓，把今后的每套图书做得更好。

中国轻工业出版社
生活图书事业部

CONTENTS 目录

Tips 宜忌贴士

Tips 宜忌贴士

家装详解
参考大全2000例

电视背景墙

一、　材料选购

1.朝南和朝西的电视墙宜选择的涂料

　　朝南的客厅无疑是日照时间最长的，充足的日照虽然使人感觉温暖，但是容易产生浮躁的情绪，因此，大面积深色的应用会使人感到更舒适。朝西的客厅由于受到一天中最强烈的落日夕照的影响，房间里会感觉比较炎热，电视墙如果选用暖色调会加剧这种效果，而选用冷色系涂料会让人感觉清凉些。

射灯　　黑晶玻璃　　白色混油

乳胶漆　　　装饰画

3D墙面装饰　　　复合地板

地毯　　　　　　艺术壁纸　　　　　马赛克

装饰玻璃　　　　壁纸　　　　　　成品珠帘　　　石膏肌理造型　　　艺术壁纸

壁纸　　　　奥松板　　　　　　黑晶玻璃　　　　艺术壁纸

3D墙面装饰　　　　　　　彩色乳胶漆

壁纸　　　　　　　射灯

壁纸　　　　　白色混油

奥松板　　　乳胶漆

壁纸　　　　石膏板吊顶

茶色玻璃　　　壁纸

3D墙面装饰　　壁纸　　发光灯带

壁纸　　奥松板

白色混油　　黑晶玻璃

白色混油

实木饰面板　　彩色乳胶漆

月亮门装饰造型　　白色乳胶漆

发光灯带　　　　白色乳胶漆　　　　艺术壁纸　　　　白色混油

白色混油　　　　松木拼条装饰　　　　　　　　树脂玻璃　　茶色玻璃

发光灯带　　　　艺术壁纸　　　　　　艺术壁纸　　　　白色乳胶漆

壁纸　　　　　　　　彩色乳胶漆

电视背景墙方位设置

电视背景墙的装修和安置需要符合一定的原则，具体方法是按照住宅的坐向来设置，根据八宅的划分方法，可分为：震宅，坐东向西，巽宅，坐东南朝西北，离宅，坐南朝北，坎宅，坐北朝南，对于这四个坐向的住宅来说，电视背景墙应设置在正西、西北、正北、正南这四个方位；乾宅，坐西北朝东南，坤宅，坐西南朝东北，艮宅，坐东北朝西南，兑宅，坐西朝东，这四个坐向的住宅的电视背景墙应设置在东北、正东、东南和西南这四个方位。

乳胶漆　　　　　　　仿文化石壁纸

艺术玻璃　　　　　　壁纸

壁纸　　白色混油

白色乳胶漆　　彩色乳胶漆

发光灯带　　　　　壁纸　　　　　实木装饰

白色乳胶漆　　　　手绘墙饰

石膏肌理造型　　　奥松板

白色混油　　　　　装饰画

彩色乳胶漆　　　　奥松板

白色混油　　乳胶漆

白色混油　彩色乳胶漆

发光灯带　　　乳胶漆

乳胶漆　　　白色混油

彩色乳胶漆　　奥松板

艺术壁纸　实木雕刻装饰隔断

艺术壁贴　　白色乳胶漆

壁纸　　　白色混油

2.田园风格的背景墙宜选择的壁纸图案

抛开繁华都市的喧嚣，选择一处静谧的居所作为生活憩息之处，是很多工薪族的梦想。田园风格的空间最主要的设计特点就是舒适与自由。其最经典的装饰材料则是布满了形形色色的碎花以及绿色植物图案的壁纸，这种充满回归自然、回归田间的风情壁纸，可以为家庭增添浪漫格调。

看效果。从整体上看，好的壁纸看上去应自然、舒适且立体感强。细节检查要注意图案是否精致而且有层次感，色调过渡是否自然，对花是否准确，是否存在色差、死褶、气泡。

摸质地。用手摸壁纸，感觉壁纸质地。关键触摸其图案部分，看看图案的实度是否均匀，再对比整幅壁纸的左右厚薄是否一致，质地均匀的壁纸铺贴后的效果才会好。

擦表面。壁纸的抗污性及耐擦洗性也是选购时要考虑的因素，尤其是有宝宝的家庭要注意这个方面。在挑选的时候，可以用微湿的布稍用力擦纸面，如出现脱色或脱层现象则说明壁纸质量不好。

手绘墙饰　　　　　乳胶漆

实木饰面　　　　　壁纸

胡桃木垭口　　　　　　　　奥松板　　　白色混油

实木格栅装饰

壁纸

发光灯带

壁纸

实木格栅装饰

乳胶漆　　　　　　　干挂大理石

乳胶漆　　　　壁纸

钢化玻璃　　　壁纸　　　　　复合地板

彩色乳胶漆　　　白色混油

中密度板离缝　　　壁纸

实木月亮门　　　白色混油　木窗棂装饰造型

地砖　　　白色混油

艺术壁纸　　　　干挂大理石

壁纸　　　　白色混油

艺术壁纸　　白色混油

壁纸　　　　白色混油

乳胶漆　　　　实木雕刻装饰造型　　　　玻璃拉门

乳胶漆　　　　　　　发光灯带

黄色混油　　　　　　乳胶漆

橡木拼条装饰　　　　艺术壁纸

彩色乳胶漆　　　　　白色混油

艺术壁纸　　　　实木镂空雕刻装饰

乳胶漆　　　　　　　发光灯带

仿实木装饰壁纸

宜忌贴士
Tips

客厅的电视墙不宜面对窗户

电视背景墙不宜面对着窗户或处于开窗的墙面上，这样不仅会因光线的照射而对人眼造成伤害，而且从风水上来说呈空荡荡一片散泄之局，有难以旺丁旺财之意。

壁纸　　　　　白色混油

工艺玻璃　白色混油

壁纸　　　　　复合地板

彩色乳胶漆　艺术壁贴

壁纸　　　　乳胶漆　　　装饰玻璃

干挂大理石　　艺术玻璃

艺术壁纸　　　　白色混油

地砖　　　　　　装饰墙贴

艺术吊灯　　　乳胶漆

壁纸

乳胶漆

乳胶漆

干挂大理石

白色混油　　　玻璃砖

石膏吊顶　　　白色混油

3.现代风格的背景墙宜选择的壁纸图案

现代风格的壁纸有些带有个性化的几何图纹、立体线条，这种壁纸单独看时有些显得杂乱无章，但大面积粘贴后的装饰效果却很好；也有些带有淡雅魅力的暗花图案，业主可以根据空间的主色调来选择相配套的壁纸底色，满足现代风格的艺术新意。

导轨灯　　　仿实木装饰壁纸

壁纸　　　乳胶漆

白色乳胶漆　　　艺术壁纸

马赛克　　　白色混油

壁纸　　　地砖

干挂大理石　　　橡木装饰立柱　　　　　　　　　　乳胶漆

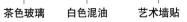

茶色玻璃　　白色混油　　艺术墙贴

壁纸　　　　　　白色混油

壁纸　　白色混油

白色混油　　　　　　壁纸

奥松板　　　茶色玻璃

发光灯带　　　白色混油

工艺玻璃　　　白色混油

菱形镜面玻璃　　　艺术壁纸　　　罗马柱

茶色玻璃　　　压白钢条　　　白色混油

地砖　　　奥松板　　　压白钢条

镜面玻璃　　　　　　艺术壁纸

电视墙忌安置在财位上

　　如果客厅门开向左边的话，财位则在右边的对角线顶端，电视墙就不适宜安置在这个位置，因为财位宜清静、安定，忌喧闹嘈杂。

壁纸　　　　　白色混油

乳胶漆　　　　　红色混油

干挂大理石　　　　　白色混油

乳胶漆　　　　　彩色乳胶漆

石膏吊顶　镜面玻璃

壁纸　　　　　　仿古地砖

白色混油　　　石膏吊顶　　　乳胶漆

乳胶漆　　　石膏吊顶　　　壁纸

鹅卵石　　　茶色玻璃　　　中密度板离缝

发光灯带　　　　奥松板

马赛克

艺术壁纸

白色混油

壁纸

橡木条装饰

镜面玻璃　　　白色混油

黑晶玻璃　　　白色混油

4. 个性背景墙宜选择的涂料

选择质感艺术涂料可以呈现无尽的凹凸美感，相比普通平涂、墙纸、贴板及瓷砖马赛克的运用，质感艺术涂料能够改变背景墙平面装饰的刻板单调，更具变化的张力，并有施工方便、永不开裂、黄变、起泡、剥落及耐水、极易清洗的特点，既适合大面积涂装，也适合与其他墙体材料配合点缀运用。

壁纸　　　白色混油

石膏吊顶　　　手绘墙饰

实木地板　　白色混油　　　壁纸

白色混油　　复合地板　　镜面玻璃

彩色乳胶漆　　白色混油

白色混油　　　艺术壁纸

石膏板吊顶　　　工艺玻璃

黑晶玻璃　　白色混油

手绘墙饰　　　乳胶漆

井字形假梁　　　　　乳胶漆

黑晶玻璃　　　艺术壁贴

白色混油　　　　壁纸

彩色乳胶漆　　　白色混油

壁纸　　　　黑晶玻璃

乳胶漆　　　白色混油

乳胶漆　　　仿古壁砖

乳胶漆　　　石膏肌理造型

家装详解
参考大全2000例

沙发背景墙

5.石膏板造型装饰的背景墙

首先目测。外观检查时应在0.5米远处，光照充足的条件下，对板材正面进行目测检查，先看表面，表面平整光滑，不能有气孔、污痕、裂纹、缺角、色彩不均匀和图案不完整现象，纸面石膏板上下两层牛皮纸需结实，可预防开裂且打螺钉时不至于将石膏板打裂；再看侧面，看石膏质地是否密实，有没有空鼓现象，越密实的石膏板越耐用。

用手敲击，检查石膏板的弹性。用手敲击石膏板，发出很实的声音，说明石膏板严实耐用，如发出很空的声音，说明板内有空鼓现象，且质地不好。用手掂分量也可以判断石膏板的优劣。

尺寸允许偏差、平面度和直角偏离度要符合合格标准，装饰石膏板如偏差过大，会使装饰表面拼缝不整齐，整个表面凹凸不平，对装饰效果会有很大的影响。

看标志。在每一包装箱上，应有产品的名称、商标、质量等级、制造厂名、生产日期以及防潮、小心轻放和产品标记等标志。购买时应重点查看质量等级标志。装饰石膏板的质量等级是根据尺寸允许偏差、平面度和直角偏离度划分的。

石膏板吊顶　　3D装饰墙面

白色混油　　　　　壁纸

实木假梁装饰　　　壁纸

艺术壁纸　　　实木地板　　石膏板吊顶

发光灯带　　　　　　　　壁纸　　成品珠帘

装饰画　　　　乳胶漆

装饰画　　　　碎花壁纸

石膏板个性背景墙　　　复合地板　　　乳胶漆

镜面玻璃　　　壁纸

白色混油　　　　文化石

装饰画　　　　石膏肌理造型

石膏板吊顶

艺术壁纸

玻化砖

乳胶漆

田园风格布艺沙发

装饰壁龛　　　　　　乳胶漆

地毯　　　　　　壁纸

装饰镜面　　　　壁纸

白色乳胶漆　　装饰画

壁画　　　　　乳胶漆

釉面砖　　　　乳胶漆

实木地板　　　　乳胶漆

地毯　　　　　仿木纹壁纸

乳胶漆　　　　石膏板吊顶

乳胶漆　　装饰画

忌采用过多的金属材料

　　由于装潢材料日新月异，各种金属材料也跻身市场，但是客厅墙面的装修不宜过多地使用金属材料。因为金属过多会给人一种冷冰冰的感觉，加上磁场紊乱，有碍人的生理机能。

白色乳胶漆　　　　地毯

乳胶漆　　　　石膏吊顶

壁纸　　　　地毯

乳胶漆　　　装饰画

艺术壁纸　　　　　镜面装饰

乳胶漆　　　　　白色混油

乳胶漆　　　　　百叶窗

彩色乳胶漆　　　　碎花壁纸

石膏板吊顶　　　　　　　　　　　乳胶漆　　　　　散热器

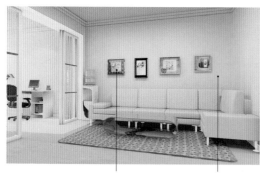

装饰画　　　　彩色乳胶漆

壁纸　　装饰画

白色混油　　　　　　　　　　　　　艺术壁纸

乳胶漆　　马赛克　手绘墙饰

白色混油　　　　　　复合地板

6.时尚背景墙装修选择的新宠

马赛克是一种精巧、多变的装饰墙面的材料，它凭借绚丽的色彩、多样的材质、华美且极具视觉冲击力的造型图案，成为时尚空间墙面装修材料的新宠。马赛克按质地分为陶瓷马赛克、大理石马赛克、玻璃马赛克、金属马赛克等几大类。其中，玻璃马赛克又分为熔融玻璃马赛克、烧结玻璃马赛克和金星玻璃马赛克。目前应用最广泛的有玻璃马赛克和金属马赛克，其中由于价格原因，最为流行的当属玻璃马赛克。

壁纸　　　　装饰画

地毯　　　　玻璃推拉门

大理石　　乳胶漆　　　　装饰画　　　实木饰面

亚光板　　　　　　复合地板

乳胶漆

瓷砖

胡桃木装饰

纱幔

壁纸

地毯

艺术壁纸　　　　　地砖

橡木饰面板　　　　　玻化砖

壁纸　　　　　　　　　　　　实木饰面　　　　　　实木屏风

乳胶漆　　　　　　　　地毯

彩色乳胶漆　　　实木地板

壁纸　　　　　　　　拼花地砖

地砖　　　　　　　　艺术壁纸

羊毛地毯　　　　地砖　　　乳胶漆

镜面玻璃　　　　　　　　软包

白色混油　　　　　壁纸

壁纸　　　　　　　　石膏吊顶

发光灯带　　　　白色混油

复合地板　　　　　　　　乳胶漆

石膏板吊顶　　　　　　艺术壁纸　　　黑晶玻璃

石膏板吊顶　　　　乳胶漆

乳胶漆　　　田园风格沙发

地砖　　　茶色玻璃　　　壁纸

乳胶漆　　　　　　　　　　　地砖

壁纸

地毯

石膏板吊顶

壁纸

地毯

碎花壁纸　　　　　　胡桃木饰面　　　　　马赛克　　　　　乳胶漆

7.强化背景墙的个性

　　不锈钢条、钛合金条等充满金属质感的材质冷冽、坚硬，不喜欢它的人觉得它太过冰冷、不够温馨；喜欢它的人觉得它个性十足。许多年轻的业主总是希望自己的房子具有很强的现代感，用不锈钢条、钛合金条等作为玄关等墙面装饰的元素，能凸显出客厅的未来主义气息，而金属材质的直线条，在视觉上会让空间显得更利落。

彩色乳胶漆　　　　　　　　　　实木地板

磨砂玻璃　　乳胶漆

胡桃木拼条装饰 钢化玻璃　　地砖　　　　奥松板

石膏吊顶　　乳胶漆　　　　　实木地板　　壁纸

乳胶漆　　　　　　　　　　釉面砖

乳胶漆   地砖

壁纸   人造大理石   乳胶漆   艺术壁纸

装饰画   石膏板吊顶   地砖   壁纸

地砖　　　　　　　　　　　　　　　　　　乳胶漆

壁纸　　　　　　　　　　　釉面砖

彩色乳胶漆　　装饰画

乳胶漆　　　　　　　　　成品珠帘

复合地板　　　装饰壁纸　　　装饰墙贴

乳胶漆　　　　　　　　白色混油　实木地板

背景墙的色调与形式的宜忌

　　它可以以主人的生辰作为依据，春夏两季出生者可陪衬清雅的冷色系（如白色、浅蓝色），而秋冬两季出生者则可以陪衬明亮的色调（如黄色、红色）。但这也不是绝对的，决定背景墙颜色还必须要考虑整个客厅的方向，而客厅的方向，主要是以客厅窗户的面向而定。窗户若向南，便是属于向南的客厅；窗户若是向北，便是属于向北的客厅。东向客厅，背景墙宜以黄色做主色；南向客厅背景墙宜以白色做主色；西向客厅背景墙宜以绿色做主色；北向客厅的电视背景墙宜以红色做主色。

工艺玻璃　　　　　地砖　　　　　　乳胶漆

胡桃木假梁　　壁纸　　　地砖　　白色混油

地毯　　　　　　　　黑晶玻璃

人造大理石   壁纸   地砖

复合地板   乳胶漆

乳胶漆   釉面砖

工艺玻璃   壁纸   仿古家具   乳胶漆   地砖

壁纸

白色混油

地砖

白色混油

地砖

乳胶漆   釉面砖

复合地板   壁纸

8.富有表现力的背景墙

砂岩浮雕不仅具有天然石材的质硬、耐磨、极具质量感的特征，更为难得的是它表面的质感以及强烈的可塑性，可使其尽显各种不同的艺术风格，是其他装饰材料所无法比拟的。作为电视墙的装修材料，既可以选择单纯的凹凸纹理效果，也可以选择整体是整幅图画的砂岩浮雕。

聚酯玻璃　　　　　　　　浮雕壁画

乳胶漆　　　　　　　　壁纸

乳胶漆　　　　　发光灯带　　　地砖

浮雕壁画　　　茶色玻璃　　　　　　装饰画　　　发光灯带

家装详解
参考大全2000例

餐厅背景墙

二、省钱窍门

1.装修需要测量的内容

　　一般情况下，房子的装修费用取决于装修面积的大小，但是，装修面积却与房子的实际面积不一样，实际的装修面积要比房子的面积小很多，因此，装修之前有必要对房子的装修面积，如墙面、天棚、地面、门窗等部分进行测量，以便做到心中有数，从而减少不必要的材料浪费和装修人工费的支出。

文化石　　亚光板　　工艺玻璃　　干挂大理石

磨砂玻璃　　复合地板

壁纸　　奥松板

壁纸　　实木地板

壁纸　　地砖

壁纸　　　　　　　　　　白色混油　实木饰面

胡桃木装饰隔断造型　　　　　　　壁纸

木格栅拉门　　　　　　　壁纸

亚光板　　　　　　　　乳胶漆

砂岩浮雕　　　　　　　　　艺术壁纸

乳胶漆　　　　松木拼条吊顶　　　白色混油

地砖　　　　　　　　　　乳胶漆

彩色乳胶漆　　黑胡桃木拼条吊顶装饰　　　　　装饰画　　　　艺术壁纸

壁纸　　　釉面砖　　　　轻钢龙骨隔断　　　　壁纸　　　　复合地板

乳胶漆　　　　　　　文化石

乳胶漆　　　　　　　壁纸

彩色乳胶漆　　　　　　　　　　镜面玻璃

镜面玻璃　　　　　　　乳胶漆

地砖　　　　　　　　　　乳胶漆

奥松板　　　　　镜面玻璃　　　　　地砖

白色混油　　　　　乳胶漆　　　壁纸　　　　艺术壁纸　　　　石膏板吊顶　　　艺术玻璃

乳胶漆　　　　　黑晶玻璃　　　　乳胶漆　　　　　手绘墙饰

胡桃木垭口　　　　　　　　　　　　　　乳胶漆

艺术壁贴　石膏板吊顶　橡木隔断

墙面字画宜忌

日落或颜色太深、黑色过多的装饰画不适合挂在客厅中，这类画像看上去令人有沉重之感，使人意志消沉，做事缺乏激情。

如悬挂花草、植物、山水或者鱼、鸟、马、白鹤、凤凰等吉祥动物的装饰画时，没有太多的禁忌，但如果悬挂龙、虎、鹰等猛兽的装饰画时，则需要特别留意将画中猛兽的头部朝外，以形成防卫的格局，而千万不可将猛兽之头部向内，这样会威胁自己，为家人带来意外灾祸。

不宜悬挂超过两幅的人物抽象画，因此类装饰画会令人处事追求虚荣，不切合实际；同时也不适宜悬挂瀑布之类的装饰画，因为这些画会令家人运气反复。

悬挂吉利字画，以求锦上添花、旺上加旺，可称是良好家居的开运方法之一。家居中的吉利字画一般是指寓意吉祥与美好祝愿的书法及象征荣华富贵的花画、象征年年有余的莲花锦鲤图、象征健康长寿的松鹤延年图、象征福分永存的流云百蝠图等。

乳胶漆　　　复合地板

装饰画　　　　　　　　镜面玻璃

乳胶漆　　　　壁纸　　　白色混油

2.墙面面积的计算诀窍

墙面(包括柱面)的装饰材料很多,主要有涂料、墙砖、石材、壁纸、软包、护墙板、踢脚线等。计算墙面面积时,由于使用的材料不同,计算方法也不相同。通常情况下,涂料、壁纸、护墙板、软包的面积是用长度乘以高度,单位为平方米。长度按主墙面的净长计算;对于高度,无墙裙者应从室内地面算至楼板底面,有墙裙者从墙裙顶点算至楼板底面。如果有吊顶天棚,从室内地面(或墙裙顶点)算至天棚下沿,然后再加20厘米。

门、窗所占面积应扣除,但不扣除踢脚线、挂镜线、单个面积在0.3平方米以内的孔洞面积和梁头与墙面的交接面积。镶贴石材和墙砖时,按实铺面积以平方米计算。安装踢脚板,面积按房屋内墙的净周长计算,单位为米。

实木假梁　　　　地砖　　　　乳胶漆

复合地板　　　　　　　　壁纸

地砖　　　　壁纸

壁纸　　　　地砖　　　　乳胶漆

发光灯槽　　　　白色混油

黑晶玻璃

乳胶漆

白色混油

成套实木酒柜

仿文化石壁纸

实木地板

壁纸　　　　　　　地砖

地砖　　　　　　彩色乳胶漆

乳胶漆　　　　　　　　　　　　　　　　地砖　　　胡桃木垭口

胡桃木隔断造型　　　白色混油　　乳胶漆

成品珠帘　　　反光灯槽　　　乳胶漆

冰裂纹玻璃　　　石膏板吊顶　　　　　　地砖

壁纸　　　　　　　　　　乳胶漆

亚面抛光砖　　　　　　乳胶漆　　　　　　壁纸　　　　　　地砖　　　　　　石膏板吊顶

石膏板吊顶　　　　　　工艺玻璃　　　　　　工艺玻璃　　　　　　壁纸　　　　　　复合地板

地砖　　　　　　乳胶漆　　　　　　地砖　　　　　　艺术墙贴

彩色乳胶漆　　　　　　白色混油　　　　　　实木地板　　　　　地毯　　　　乳胶漆

壁纸　　　　　　　　　　黑晶玻璃　　　　壁纸

乳胶漆　　　　　　　　　　　复合地板

发光灯带　　　　　　　　　艺术壁纸

地砖　　　　　　　　　　　干挂大理石

石膏板吊顶　　　　　　　　乳胶漆

地砖　　　　　　　　　　　彩色乳胶漆

壁纸　　　　　地毯

3.挑选质优价廉的材料

买涂料时，可以选那些比较著名品牌的普通产品，无论是五合一还是三合一，或是二代还是三代，其实它们的效果差别并不大，品质都是有保障的。现在很多涂料出问题，都是过分掺水所致，再好的涂料水掺多了，质量比普通产品都要差了，虽然我们强调装修经济实惠，但是要以产品质量为优先，只一味地重视装修经济实惠同样是不可取的。

实木地板　　　　　　　　　　地砖

实木地板　　　　　　　艺术壁纸

工艺玻璃　　　　釉面砖　　　壁纸

地砖　　　　　　　　　　乳胶漆

白色混油　　　　　　　　马赛克

地毯　　　　　石膏板吊顶　　　　　壁纸　　　　白色混油

复合地板　　　　乳胶漆

艺术壁纸　　　　　　　　　乳胶漆

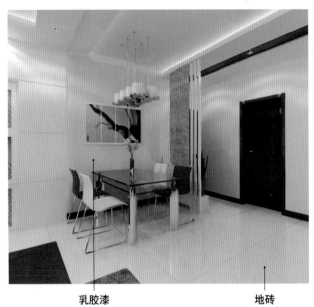

乳胶漆　　　　　　　　　　　地砖

石膏板吊顶　　　　　　　　　壁纸

黑晶玻璃　　　　茶色玻璃　　　　壁纸

壁纸　　　　　　　　　　　乳胶漆

白色混油　　　　　　　　　乳胶漆

地砖　　　　　　　　壁纸

艺术壁纸

白色混油

地砖

乳胶漆

瓷砖

实木饰面

白色混油　　地毯　　　　乳胶漆　　　　　拼花地砖　　　石膏板吊顶　壁纸

镜面玻璃　　　壁纸　　　工艺玻璃推拉门

乳胶漆　　　成品布艺窗帘

镜面玻璃　　　壁纸

壁纸　　　地毯

复合地板　　　乳胶漆

复合地板　　　　　　　　乳胶漆

石膏板吊顶　　　　装饰瓷砖　白色混油

软包背景墙　　　　　　　　乳胶漆

磨砂玻璃推拉门　　　　　　壁纸

乳胶漆　　　　工艺玻璃　　砂岩浮雕

釉面砖　　　　艺术玻璃　　　　　　壁纸

石膏板吊顶　　　壁纸　　　镜面玻璃　　实木浮雕装饰

地砖　　　乳胶漆　　　艺术壁纸　　　　　石膏板吊顶

马赛克　　　镜面玻璃　　　　　乳胶漆　　　　　实木地板

集成吊顶　　　　壁纸　　茶色玻璃

地砖　　　　　　壁纸

白色混油　　　　地砖　　　　磨砂玻璃

白色混油　　　　镜面玻璃　　壁纸

艺术壁纸　　　　　　　　地砖

壁纸　　白色混油

实木假梁　　　　乳胶漆

4.简化背景墙设计装饰

　　可以考虑舍弃背景墙，这是要做到装修经济实惠的关键。现在装修时，人们更看重软装的点缀，因此那些繁琐的背景墙并不是非要不可的，背景墙不仅费钱，而且也容易过时。大多数，装修经济实惠是从经济角度来考虑的，但也不要忘了简单其实也是一种美，这样的装修经济实惠，可谓一举数得。因此建议装修者在设计背景墙时，可以考虑做个简单清爽的风格。用几幅画装饰墙面也不错，而且灵活性较强，随时可以更换装饰，建议大家在考虑装修如何能更加经济实惠的同时，尝试换一下思路。

复合地板　　　　乳胶漆

壁纸　　　　　　实木地板　　乳胶漆

艺术吊灯　　　　壁纸

彩色乳胶漆　　　实木地板

干挂大理石

乳胶漆

地砖

瓷砖

艺术花砖

白色混油

地砖

复合地板　　　　　　　壁纸　　　　　　　壁纸　　　　　　　黑晶玻璃

地砖　　　　　　艺术壁纸

创意搁板　　　　冰裂纹玻璃

乳胶漆　　　　　人造大理石

地砖　　　　　　艺术壁纸

石膏板吊顶　　　　艺术玻璃

釉面砖　　　　石膏板吊顶　木格栅装饰造型

家装详解
参考大全2000例

卧室背景墙

5.背景墙用肌理涂料

　　不特意做所谓的背景墙，而是直接涂刷肌理涂料或铺贴价廉物美的壁纸，具有较强的视觉冲击力，装饰效果远胜传统的背景墙。需要注意的是，此法的运用需要有专家指导，其颜色、款式的搭配及材料的综合运用需要协调进行。

木格栅装饰　　皮革软包　　　　石膏板吊顶

石膏板吊顶　　工艺玻璃

发光灯带　　皮革软包　　镜面玻璃

地毯　　　　壁纸

艺术壁纸　　　　实木地板

壁纸   地毯   实木地板

工艺玻璃   壁纸 白色混油

石膏板吊顶   艺术壁纸 3D墙面装饰

壁纸 乳胶漆

地毯   壁纸

皮革软包　　　　　　　　中密度板离缝　　　　　　石膏板吊顶　　　　地毯　　　　布艺软包

实木地板　　　　　　皮革软包　　壁纸　　　　　　复合地板　　　　　壁纸　　　　白色混油

壁纸　　　实木地板　　　　　钢化玻璃　　　　　　烤漆玻璃　　　　实木地板　　乳胶漆

石膏板吊顶

艺术壁纸

布艺软包

地砖

广告钉

工艺玻璃

壁纸

实木饰面板   皮革软包

乳胶漆   实木地板

6.整体家具代替背景墙

　　对于已经计划购买整体家具的业主来说，没有必要再花钱设计一个所谓的背景墙。具体做法就是利用购买来的整体家具，直接用做背景主题，而电视柜、床头或者餐桌背后的墙面则需要根据家具的风格、色彩及材质做相应的搭配设计。

乳胶漆　　　　　实木地板

布艺软包　　实木地板　　　　石膏板吊顶

壁纸　　　　　实木地板　　　　　乳胶漆

实木饰面板　　　　　　　　艺术壁纸　镜面玻璃

实木地板　　　　　　　　　　　　壁纸

石膏板吊顶　　壁纸

壁纸　　　　乳胶漆　　　实木衣柜

亚光板　　　石膏板吊顶

镜面玻璃　　　　实木地板

装饰玻璃　　　　白色混油

奥松板　　石膏板吊顶　　四柱床　　　　地毯

壁纸　　　　　　　　　　地毯

乳胶漆　　　　　　布艺软包　　银色装饰

壁纸　　　实木饰面

镜面玻璃　　软包背景墙　　　　　　石膏板吊顶

白色混油　　　壁纸　　　成品实木衣柜

实木地板　　　　　　艺术壁纸

黑晶玻璃　　　　　壁纸

背景墙的造型宜忌

　　背景墙的造型要避免有尖角、突出的设计，如三角形，以防止形成"煞"相。尽量不要对背景墙进行毫无意义的凌乱的分割，否则会对家人造成精神紧张，心神不宁，严重危害其身体健康。宜采用以圆形、弧形或平直无棱角的线形为主要造型，它蕴涵着圆融美满之意，使家庭和睦幸福，和和美美，平平安安。

地毯　　　　　　　艺术壁纸

壁纸　　　　　　　实木饰面板

壁纸　　　　　镜面玻璃

石膏板吊顶　　　　　壁纸

床幔　　亚光板

布艺软包　　　　　　　　壁纸

实木地板　　　　　布艺软包　镜面玻璃　　复合地板　　　　　乳胶漆　　磨砂玻璃

艺术壁纸

皮革软包

地毯

布艺软包

胡桃木拼条隔断

黑色喷漆　　　　　　壁纸　　　　　　地毯　　　　　　彩色乳胶漆　　　　　　黑晶喷漆

7.墙面水泥开槽

　　墙面往往是家庭装修中经常进行装饰的地方，而装饰墙面的传统做法往往会使用大芯板打底+饰面板+刮腻子+刷漆等工艺，花费较高。此法另辟蹊径，直接在墙面的水泥沙浆层开槽，然后用腻子找平、打磨，最后粉刷乳胶漆，可在墙面上形成直条状、弧形等装饰效果。

艺术壁纸　　　　　　白色混油

艺术墙贴　　　　　　地砖

发光灯带　　　　　艺术墙贴　　　乳胶漆

壁纸

奥松板

强化复合地板

壁纸　　　　　　　　　地毯

柚木饰面板　　　　　　复合木地板

喷漆玻璃　　　　　　　乳胶漆

皮革软包　　　　　　石膏板吊顶　　　工艺玻璃

壁纸　　　　　　　　乳胶漆

奥松板　　　　　　　　黄色混油

彩色乳胶漆　　　　　　地砖

黑晶玻璃　　　　　　复合地板

彩色乳胶漆　　　　　　　　地砖

复合地板　　　　艺术壁纸

黑晶玻璃　　　石膏板吊顶　　　艺术壁纸

地毯　　　　壁纸

壁纸　　　　工艺玻璃

镜面玻璃

壁纸

皮革软包

镜面玻璃

壁纸

茶色玻璃　　　白色混油

白色混油　　　实木地板

皮革软包　　　　　　　　实木地板　　　　　　　艺术壁纸　　　　　　实木地板

地毯　　　　　　　　　壁纸　　　　　　　　　　装饰画　　　　　彩色乳胶漆

白色混油　　　　　复合地板　　　　　乳胶漆　　　　　实木地板　　　　　　艺术壁纸

地毯　　发光灯带　　地台　　烤漆墙面装饰

地毯　　石膏板吊顶　　实木饰面

壁纸　　白色混油　　釉面砖

壁纸　　实木地板

磨砂玻璃　　镜面玻璃　实木拼条装饰　乳胶漆

黑色喷漆　　白色混油

艺术壁纸　　　　　　　实木地板

8.货比三家选好料

　　房子总体布局确定下来后，就带好尺子、笔、记事本，到装修材料市场进行"调研"式选材。装饰材料的质量分上、中、下几个等级，但同一级材料，会因产品来源不同使价格不同，因此"货比三家"永远是购买者的法宝。采购材料时，尽可能请设计师或装修的工人同去。如果你是"砍价"高手，并对各种装饰材料非常了解，自己选购也非常好。

艺术墙贴　　　　　　　乳胶漆

艺术壁纸　　　　　　　奥松板

实木地板　　　　　壁纸

亚克力板　　　　　　乳胶漆

皮革软包　　茶色玻璃　　　　实木地板

亚光板　　茶色玻璃　　工艺玻璃

壁纸　　　　　艺术墙贴

乳胶漆　　　艺术壁纸

壁纸

乳胶漆

皮革软包　　　　　　　　　　石膏板吊顶

艺术壁纸　　　　　　　　　　黑晶玻璃

白色混油　　　彩色乳胶漆

彩色乳胶漆　　　　　　　　　地砖

壁纸　　　皮革软包

壁纸　　　　　　　　　　　木质窗棂造型

装饰画　　　亚光板

壁纸　　　　　　　　　　白色混油拼条